싱코페이션

싱코페이션

김선오 시집

Syncopation Kim Sono

K-Poet Series 040

아시아

차례

싱코페이션

구름은 벽처럼

방은 희었지만 넓은 창이 있어
바깥이 흰 것일 수도 있었다
흰 것은 천일 수도 벽일 수도 있었지만
방 안에 우리가 들어와 있어 어느새
희끄무레한 발등을 내려다볼 수 있었다
그 속에는 핏줄이, 핏줄 속에는 피가 흐르고
있었겠지만 발등은 열리지 않았다
구름이 '그래'라고 말하며 방 안으로 흘러들어왔다
발등은 거의 지워지고 있었다
너의 얼굴을 보았을 때
얼굴은 응결되어 있었다
붉지도, 푸르지도 않은
천일 수도, 벽일 수도 있는
나를 따라 한 것일 수도

아닐 수도 있는 표정 앞에서
웃었다; 음악이 들리듯이
나의 입은 곡선으로 그려져 있었다
네 팔은 곡선, 내 팔도 곡선
방은 희었지만 안기에 적당했다

구름은 벽처럼
구름은 벽처럼

방은 밝았지만 바깥이 밝은 것일 수도 있었다

어둠 속에서는 잘
구별되지 않는 것들

밝은 곳으로 갔다. 개 고양이 거북이 나를 따라오고
있었다. 돌아보니 민이 정이 준이였고
A B C는 나의 잔디 산세베리아 자귀나무였는데
나는 정원에 물을 주며
호스 밖으로 뿜어지는 물방울들이 하나하나
둥근 빛이라는 사실을 서서히 납득하고 있었다.

개 고양이 거북이 중
개 고양이와는 살아본 적 없는 내가
잔디 산세베리아와 데면데면하고
자귀나무 아래에서는 잠들어본 적 있는 내가
밝은 곳으로 갔다, 그때
자귀나무 이파리 사이로 떨어지던
빛이 있었다.

눈꺼풀이 빛의 웅덩이가 되었다.
민아 정아 준아
나를 부르는 이름들이
모두 나의 꿈으로 들어오겠다고
장난을 치고 있었다.
나는 그 장난이 마음에 들었다.

A는 손바닥을 맞대는 것
B는 맞댄 손을 비트는 것
C는 양손을 펼쳐서 보여주는 것

아니에요

이 길에서는 저 길을 보여줄 수 없어요.

설명할 수도 없어요.

그냥 따라와요 이렇게.

나는 자꾸 내가 되려고 해서 번거로웠다

이렇게. 새를 펼쳐보기로 했다. 펼쳐진 새는 이미 펼
쳐져 있던 새였고

접혀 있던 도그지어를 펼쳤을 때 남은 선이 여전히

남아 있었다. 이렇게. 오른쪽 페이지를 표시하고 있었다.

투명한 선과 두 개의 모서리로 이루어진 삼각형 안에

숫자 9가 갇혀 있었다. 이렇게.

도그지어는 자꾸 접히며 다시 도그지어가 되려 했다.

펄럭거렸다. 바람이 불지 않아도. 숨을

느리게 쉬어야 오래 살 수 있어요.

이렇게. 따라해보세요. 폐를 펼쳐보세요. 펼친 만큼
세계가

들어옵니다. 느리게 숨 쉬는 동물만이 장수합니다. 이
렇게

펼쳐진 새가

숨

쉬며

후

하

후

하

펼쳐봐

이미 펼쳐진 것을

펼쳐보라고

새와 나

새와 나의 체조

새와 나

새와 나

새와 나

(마지막 페이지를 덮었을 때, 세계가 끝나버린 느낌이 들었는데 읽는 내내 숨을 참고 있었기 때문이었다 숨 쉬는 법을 잊어버렸다고 생각했지만 곧 다시 기억해낼 수 있었고 그것이 이전과 같은 방식인지는 알지 못했다)

어떤 뉘앙스

　모르는 식당에서 밥을 먹었다 모르는 거리를 걸었어 모르는 벽돌 모르는 사람 모르는 공이 날아왔다 모르는 자세로 그것을 차고 모르는 방향으로 공이 날아가던 모르는 저녁 죽은 친구와의 카카오톡 대화방을 실수로 나가버렸다

　구름이 구름을 떠나고 시간이 시계를 떠나고 네가 쓰던 이모티콘 뭐였더라 귀여워서 그건 꼭 사고 싶었다

　모르는 운동장을 너와 함께 걷고 있었는데 모르는 노을빛이 너의 얼굴에 내려앉았고 모르는 벌레 떼를 함께 헤치며 나아갔지 몰라도 된다고 말하며 너의 그림자가 알 것 같은 모양으로 일그러졌던 것도 내가 모르는 기억

모르는 상처가 모르는 사이 나았다 네가 왜 우냐고
ㅋㅋㅋㅋ 웃었다 나도 따라 ㅋㅋㅋㅋ 웃었다 어느 영상
에 네 웃음소리 녹음되어 있을 텐데, 사진첩 스크롤 한
참을 한참을 위로 올려도 나오질 않고

눈꺼풀 안쪽의 붉음

이 사진, 제가 아마
네 살? 다섯 살?
기억나요 엄마가
할머니 오실 거야
오실 거야 오실 거야
그렇게 말했고 기다렸어요
오실 거야 오실 거야
엄마 목소리가 부엌에
윙윙 울리는데 엄마는 어느새
사라지고 없었어요
할머니는 아직
안 왔어요 현관문은
닫혀 있었고, 부엌 작은 창으로
빛이 들어왔어요

바닥에서 흔들리는
네모난 빛이랑 놀았어요
손도 넣어보고
얼굴도 대보고 따뜻했어요
오실 거야 오실 거야
그런데 할머니가 정말
오신 거예요
안 오실 줄 알았는데
엄마가 먼저 오거나
영영 혼자 있거나
뭐 그럴 줄 알고
그냥 빛이랑 놀고 있었는데
할머니가 들어왔어요
현관문이 열렸는데

글쎄 할머니가
코피를 흘리고 계신 거예요
코피를
줄줄줄
빨간 피가 바닥으로
뚝뚝 떨어졌어요
할머니가 이쪽으로
달려왔어요
수건인가 행주인가
꺼내서 코를 막고
그런데 그 밑으로도
뚝뚝 떨어지고
싱크대에도 할머니 흰옷에도
네모난 빛의 안쪽에도 핏방울이

떨어졌어요

흐르는 피를 닦으며

할머니가 웃었어요

기억나요 이 사진

아마 네 살?

다섯 살? 아닐 수도 있어요

제 착각일 수도 있어요

그냥 우리 집에 놀러 온 할머니가 저를

안고 있는 사진일 수도 있어요

사진 속 창밖의 날씨가 좋아 보여서

제가 다 지어낸 이야기일 수도 있어요

근데 저는

피를 그때 처음 봤거든요?

어린애가 피를 볼 일이

딱히 없었을 거 아니에요?

피가 너무 빨갛고 그래서

기억하고 있는데

아닐 수도 있어요

내가 모자를 쓰고 있는 걸 보니

외출했다 돌아온 걸 수도 있고

사진은 누가 찍어줬겠어요 엄마나

아빠였겠지

할머니랑 둘이 있던 건 아니었겠지

그런데도 제 기억은 그래요

사진 속 이날

나는 처음 피를 보았다

내 삶의 첫 번째 피였다

그런 생각이 들어요

빛 속으로 떨어지는 피
저는 그런 건 그날 이후로 본 적이 없어요

🌢

🌢

이런 핑크빛은 하루 중 아주 잠시 동안만 볼 수 있는
하늘의 색이며 아예 볼 수 없는 날도 많다. 노을 직전의
저것을 핏빛 하늘이라고 부를 수 있나? 그럴 수 있다면
그 시각 한강 공원에 영문 모른 채 놓여 있는 라디오,
아주 오래되어 보이는(직사각형, 메탈 소재, 크고 버튼이 많은)
라디오에서 송출되는 음성이 있었을 것이다. 멀리까지
울려 퍼졌을 것이다. 누군가 그것을 듣고, 채록했을 것
이다. 놓친 부분도 있었을 것이다. 그러나.

사일런스

그러나 공터였다.

어머니, 엄마, 타이레놀, 가벼운 흥분, 서서히 아침이 되어가는 저녁, 내 발에 걸려 넘어지던 김윤영, 이번 정류장은 사직단, 어린이 도서관입니다, 햄버거 향해 입 벌리는 열다섯 개의 옆얼굴, 백발의, 백발의 치와와, 마쓰다 유키마사의 「눈의 황홀」, 영원주택, 골목의 발자국 위로 쌓이는 천 개의 눈송이, 오설록 '달빛걷기' 상자 속 엉켜 있는 티백의 실들, 운반 중인, 실려 가는 국립현대미술관의 잔디밭과 쥐, 내 손에 들려서 아름다운 잠을 자던 쥐, 구멍, 녹색 철제 사물함, 네모난 어둠 속 빼빼로, 거의 없는, 거의 없다고 말할 수 있을 정도의 너, 깍지 끼고 걷는 광화문 광장, 파티, 분수, 편두통, 조성진이 연주한 헨델 앨범,

황혼의 빛으로 터져 나갈 듯한, 비애감과 영문 모를 그리움이 들어차는 장소로서의, 철근과 나무토막이 여러 개 널려 있는……

물질과 기억

여러 개의

여러 개의 방이 있어 이곳이 터널이 아니라는 걸 알았다.

문 하나가 일요일 쪽으로

열렸다. 일요일은 나를 종로에 가두고 있었다.

사직공원에도 봄이 오고 있었다. 우리가

우리의 나무라고 부르는 나무도 있었다. 아직

꽃나무라고 부르기에는 어린 나무가

봄을 흔들고 있었다. 우리는 왼발부터

아니 오른발부터

아니 왼발 오른발은 보는 방향에 따라 다르니까 그냥

걷고 있었다고 해야겠다. 사직공원을

지나면 사직터널이 나온다.

우리는 우리의 나무에 붙들려 있었다. 동시에

터널에 이끌리는 중이었다.

사직터널을 지나면

오후가 열릴 것이고, 그곳에는

우리가 우리의 나무라고 부르지 않는 나무가

잎,

잎을 두 개

길을 세 개

우리의 발등 위로 떨어뜨릴 것이다.

아 차가워,

입을 벌릴 때

우리는 어느 깊고 맑은 수영장에서

헤엄을 친다.

수면에는 구름이 비치며

그것을 우리의 나무라고 부를 것이다.

찢어진 물은 금세 다시 붙는다. 내가

너와 벗은 등을 맞대듯이.

여러 번

발장구를 치고 나서야 이곳이 꿈이 아니라는 걸 알았다.

내가 젖은 꿈을 좋아하지 않는다는 것도.

나무가 앙상하다.

그것이 우리인지 모르겠다.

아니 나무인지도.

밝은 언덕의 물병

나무가 의자와 마주한다
자신의 미래를 내려다보듯이

플라스틱 물병을 통과한 빛이
풀밭 위로 흩어지고

빛을 내려다보는 물병

어린 물이
담긴 채로 자신의 살을 느낀다

살은 미래처럼 느껴진다
바닥에 쏟아진
빛 모양이다

의자가 나무와 마주한다
자신의 기억을 올려다보듯이

물병은 언덕을 구른다
빛이 물병을 따라 구른다

하늘이 물병을 내려다볼 때
하늘의 빗장뼈가 어긋나

그 소리에 놀란 물이
물병 밖으로 쏟아진다

하늘이 웃는다

어린 물에게
어두워지는 뼈를 건넨다

같은 뼈 다른 바다

이 배는 우리 집 앞을
오가는 흰 배다, 섬에서 육지로
육지에서 섬으로 물결을 만들며
바나나와 축구공을
할아버지 유골함을 갈매기들을
운반했다
이 배는 우리 집 앞을
오가는 붉은 배다, 여기에서
섬으로, 섬에서 수평선까지
물결을 만들며 갔다
배가 붉은색인 이유는
내가 주로 해 질 녘 해변에
서 있기 때문인데, 이 배는
우리 집 앞을 오가는 검은 배고

여기는 섬이다
할아버지가 배를 몰았다
나에게 줄 바나나와
축구공을 싣고, 이 섬과
저 섬 사이를 오갔다
이 배는 우리 집 앞을
오가는 푸른 배인데
섬에서 여기로
여기에서 섬으로
햇볕을 튕겨내면서,
물결이 푸르게 하얗게
갈라지면서……
나는 해 질 녘 방파제에 서서
돌아오는 배를 바라보며

할아버지! 불렀다

불빛이 깜빡거렸다

이 배는 우리 집 앞을 오가는 배다

오늘은 나의 유골함을 육지로

나르고 있다

더는 집이 아닌 곳에서

수평선으로

섬으로 땅으로

바나나와 축구공과

모든 것이 있는 곳으로

'바다에 뿌려달라고 했잖아요'

'그건 불법이라 안 돼요'

하하하하
하얗게 끓어오르는
물보라 속에
웃고 있는 얼굴들을 보네

하나하나
내려다보이는 하늘에서
갈매기 혼자 울고 있네

미학적 선택으로서의 경계

새는 좋은 사람이었다. 내가 커밍아웃했을 때 자신의
시체를 보여주었다. 나는 납득할 수 있었다. 소년이거
나 소녀이거나 둘 다 아니라거나 하는 문제보다, 살아
있는 몸과 죽어 있는 몸을 모두 가지고 있다는 사실이
더 크고 무거워 보였기 때문이다.

실은 가지고 있다기보다 놓치고 있는 쪽에 가깝다는
것을 알고 있었다. 내가 여자도 남자도 다 놓치고 있듯
이. 새는 날갯죽지 아래로 삶과 죽음이 동시에 빠져나가
고 있다는 사실 때문에 곤란했을 것이다. 나는 대충 '논
바이너리'(바이너리binary의 부정형에 불과할지언정)라는 단
어를 써먹거나 나의 대명사를 they라고 불러달라거나
하는 식으로 존재를 호소할 수 있었지만, 도대체 살아
있는 동시에 죽어 있는 상태를 뭐라고 부른단 말인가?

새는 유령도 좀비도 아니었고 그냥 자기 시체를 가지고 있는 새였다. 새는 시체를 어디에 보관하고 있었을까? 대충 두었다가 부패해 끔찍한 냄새가 난다면 들키기 십상일 것이고 경찰에 잡혀갈지도 몰랐다. 버릴 수도 없었을 것이다. 그러나 경찰 앞에서 새가 무슨 말을 할 수 있겠는가? "새를 죽이는 것은 우리나라에서 범죄가 아닙니다. 동물보호법 위반일까요? 하지만 맨날 치킨을 먹는 사람들은요? 게다가 이 시체는 저 자신이기도 합니다."

도시에 살지 않는다면, 새에게는 새만의 무인도가 있어 그 섬에 자신의 시체를 오백 구쯤 펼쳐놓았을지도 모른다. 햇볕에 말라가는 새의 시체들…… 새는 해변에 널려 있는 시체들 위를 비행하며 모두 잘 마르고 있나,

그런 걸 살펴보았을지도 모르고…… 그중 하나의 빠진 눈알을 다시 끼워 넣었을지도 모르고……

내가 여성학 교수님을 찾아갔듯이, 새는 언어학 교수님을 찾아간 적 있다고 했다.

"자네 이름은 새인데 영어로는 bird이거나 sae이거나 say일 수도 있고 그중 하나를 택하면 되는데, 불어로는 sé라는 사실 역시 기억하게나."

세상에는 타밀어도 히브리어도 벵골어도 있었지만 새는 제2외국어까지만 공부하기로 했다. 할 줄 아는 언어가 많아진다는 건 해외여행 갈 때 알아들을 수 있는 말이 늘어난다는 뜻이었고 곧 세계 어디에서든 말 같은 것이 들릴 때에 귓속의 침묵을 유지할 수 없다는 의미이기도 했기 때문이다. 새는 대부분의 외국어를 쏼라쏼라 정도로만 번역하고 싶었다.

자신은 삶과 죽음 사이의 논바이너리 같은 거라고, 경계는 어떤 종류의 침묵이라고, 새는 사람 좋은 얼굴로 말했다.

시체는 어디서 났니? 묻지 않았다.

실은 우리가 양쪽을 놓치고 있다기보다 놓아버린 쪽에 가깝다는 것을 알고 있었다. 그 편이 아름다웠기 때문이다. 새는 나의 어깨를 두드렸다. 나도 새의 날개를 두드렸다. 우리는 각자의 집으로 돌아갔다.

약하고 어수선한 삶

돌아와. 선베드에 누워 있었다. 돌아와, 돌아와. 몸을 뒤척였다. 수영장은 펼쳐져 있었다. 누워서도 보이고 앉아서도 보였다. 언제 잠든 건지 모르겠다. 언제 깨어났는지도. 그러나 수영장은 현실적이었다. 구름을 살살 흔들고 있었다. 돌아와. 뭐라고? 들리는 쪽으로 고개를 돌렸다. 그곳에는 천사가. 한쪽 눈을 감은 천사가 가부좌를 틀고 앉아 있었다. 내 애인은 아니었다. 내 친구 무리의 일원도 아니었다. 돌아와, 현실적으로는 천사의 말이어야 할 목소리가 숲속에 울려 퍼졌다. 숲속? 나는 일박에 백이십 달러짜리 리조트를 예약했었다. 그 사실을 떠올리자 숲은 싸구려 리조트로 변해갔다. 공사장 소음이 들렸다. 오백 년 된 나무를 자르라고요? 누군가의 어이없는 듯한 외침. 돌아와, 드릴 소리가 내게 돌아오라고 말했다. 아니, 돌아오라는 말은 드릴 소리였다.

한쪽 눈을 감은 천사는 입이 없었다. 돌아와. 한쪽 눈을 감은 천사가 질주하더니 이내 다이빙했다. 허공으로 날아오르는, 앙상한 천사의 새파란 비키니. 돌아와, 돌아와…… 천사는 수면에 얹혀 있던 구름의 형상을 찢으며 사라졌다. 이 리조트, 오백 년 된 나무를 잘라버린 자리에 지은 것임을 알았더라면 예약하지 않았을 것이다. 그냥 숲속으로 산책이나 갔을 텐데. 걷고 걷고 또 걸었을 텐데. 한쪽 눈을 감은 천사가 물 밖으로 고개를 내밀었다. 나는 그의 열려 있는 눈을 바라보며 손을 까닥거렸다. 돌아와, 자기야.

한쪽 눈을 감은 천사가 물 밖으로 걸어 나왔다. 날개에서 물을 뚝뚝 떨어뜨리며 우리의 휴가로 돌아왔다. 숲에는 지평선이 있었을 것이다. 태양이 걸쳐져 있었을 것이다. 좌우로 길어지는 붉음이 일출인지 일몰인지 구별되지 않았을 것이다. 천사의 감은 눈 속에 담겨 있는 동공을, 누군가 태양이라고 불렀을 것이다. 나는 곁에 누운 천사의 한쪽 얼굴이 붉게 물들어가는 모습, 그의 피부에 맺힌 물방울 속에서 또 하나의 태양이 저물었다가 다시 떠오르는 과정을 본다. 천사는 여전히 한쪽 눈을 감고 있다. 이게 아니면 달리 무슨 삶이 있겠어. 우리의 웃음소리가 나무를 흔든다. 아니, 나무의 흔들림이 우리의 웃음이다. 나는 나무로부터 천사의 얼굴로 서서히 떨어지는, 낙엽이었던 입술 하나 바라보다가 토했다.

부드러운 마중

나무가 반짝거린다. 반짝거리는 나무란 게 있을 수 있나? 그건 언니 집 대문을 이루는 나무다. 몇 명의 친구들이 더 있구나. 문득 알고 나는 놀란다.

언니는 물을 떠 온다. 나는 물을 마신다. 컵은 반짝거린다. 물 묻은 입술들도 반짝거린다. 침대가 있구나. 액자가 있구나. 나는 다시 놀란다. 언니는 나와 친구들에게 어떤 농담을 한다. 세 명이거나 네명인 친구들이다. 언니는 잘 웃지 않는 편이다. 언니는 키가 아주 크고, 내가 올려다볼 때 나를 내려다본다.

셋 혹은 넷인 친구들. 나, 그리고 언니. 액자 속에고양이 사진이 있다. 이제 없는 고양이. 둘 혹은 셋

인 고양이가 우리들의 무릎을 건너다닌다. 그러면 나는 언니였다가 나였다가. 언니일지도 모르는 친구가 된다.

창밖에는 커다란 나무. 구름일지도 대문일지도 모르는 그림자가 얼굴 위로 드리워질 때, 언니는 나를 놀린다. 내게 수염이 난 것 같다고 한다. 그러면 나는 그냥 고양이로 변해버릴까 싶지만 잘 되지 않는다. 고양이 이름은 올레. 내 이름은 선아다.

언니 이름은 뭐예요. 그러면 언니는 화를 내는 건지 웃는 건지 모르겠는 얼굴로 나를 본다. 교복에 흰 털이 묻어 있다. 셋이거나 넷인 친구들의 무릎에도 묻어 있다. 같은 고양이. 같은 친구들. 나, 그리고 언니.

어두운 나무 천장 아래에서 우리는 어느 순간 동시에 웃음을 터뜨리는데, 그걸 나는 반짝거린다고 기억하고 있다.

이건 언니 장례식 가기 전에 쓴 시.

가기 전에 오는

　땅 위의 사람들이 폭설, 이라고 이름 붙인 어느 날의 눈발 속 가장 여리고 연한 눈송이 하나 느리게, 느리고 또 느리게, 그러나 다른 눈송이들로부터 침범받지 않는 자신만의 궤적을 그리며 지상으로 떨어지는 동안, 부는 회오리바람 타고 한참을 헛돌다 간신히 빠져나온 곳이 안개 속일 때, 마침 하늘을 올려다보던 너에게 안개는 하나의 거대한 눈송이처럼 보일지도 모른다. 흐린 하늘에 손톱 거스러미처럼 간신히 매달려 있는 것처럼 보이지만 사실은 서서히 낙하하는, 경계를 따라 흐르는 눈송이의 움직임이 너의 시선과 맞닿을 때, 눈송이는 조금 전율한다. 너의 눈동자에는 전율보다 짙은, 그러나 아주 작은 흰 그림자 드리워지고, 금세 거두어진다. 이 안개는 네가 하늘을 본다고 생각하기 전에 만나는 어떤 믿음, 하늘이라는 충격으로부터 너를 보호하는 사랑,

그런 거절, 감정을 완화하는 어지러움, 안개가 너를 환대하여 너는 하늘과 직접적으로 닿지 않아도 되는 기쁨을 누린다. 그러므로 이렇게 공터의 죽은 나무들 사이에서 고개를 들고 쏟아지는 눈발들을 맞을 수 있다. 그렇게 눈발들도 너를 맞게 된다. 이때 너의 머릿속에 차곡차곡 쌓이는 글자들이 있을 것이다. 이를테면 폭설, 같은. 창백한 순서로 도래하여 차곡차곡 쌓이는 얼굴들도 있을 것이다. 낮은 채도의 얼굴들 뚫고 느닷없이 가장 여리고 연한 눈송이 하나 너의 눈꺼풀 위로 떨어져 미세하게 녹는 소리를 내고, 문득 그 소리를 듣게 된 너는 이러한 기억을 영영 잊지 못하게 될 것이라 예감하지만, 예감은 낱낱이 흩어져 과거의 공간을 회상할 때 떠오르는 느낌에 기여하는 색깔 정도의 역할로 화하고, 그러니까 죽은 나무들의 잿빛 피부 같은, 다만 그 색깔

이 폭설, 이라는 글자의 모서리들을 조금 더 부드럽게,
부드럽게 하고, 너는 다시 고개를 숙인다. 공터를 떠난
다. 어떤 기억을, 아주 조금 더 차갑고 촉촉해진 그것을
지속하며 걸어간다.

아주 조금의 숲

바위산이 있다. 꼭대기가 있다. 작은 동굴이 있다. 그 속에 너는 앉는다. 너는 눈을 감고 있다. 동굴의 열린 쪽을 향하고 있다. 너는 너의 몸을 사이에 두고 대립하는 빛과 어둠을 본다. 너는 눈을 감고 있다. 너는 속눈썹의 미세한 떨림을 느낀다. 너는 눈을 감고 있다. 너는 발밑에 펼쳐진 숲과 머리 위에 펼쳐진 하늘과 네가 앉은 동굴을 동시에 본다. 너는 눈을 감고 있다. 너는 동굴 안의 추위와 동굴 밖의 더위를 동시에 느낀다. 너는 눈을 감고 있다. 너는 바위산의 낮과 밤을 동시에 본다. 너는 눈을 감고 있다. 너는 새빨간 태양과 쏟아지는 비를 동시에 본다. 너는 눈을 감고 있다. 너는 네가 아직 너로 결정되기 이전의 만남들을 본다. 너는 눈을 감고 있다. 너는 너의 이름을 만들기 위해 모여드는 자음과 모음의 움직임을 본다. 너는 눈을 감고 있다. 너는 너를 부르던 무수한 음성을 동시에 듣는다. 너는 눈을 감고 있다. 너는 그 음성들이 하늘로 땅으로 흩어져 빗소리 바람소리가 되는 장면을 본다. 너는 눈을 감고 있다. 너는 비의 의지 그리고 바람의 의지를 본다. 너는 눈을 감고 있다. 너의 시선이 너의 의지와 무관하게 숲의 한곳으로 추락한다. 너는 눈을 감고 있다. 너는 보호받고 있다고 느낀다. 너는 눈을 감고 있다. 할머니가 주무시고 계신다. 너는 눈을 감고 있다. 너는 다섯 살 정도의 네가 그 곁에서 잠을 청할 때 네모난 햇빛이 이불 위에서 떨고 있음을 본다. 너는 눈을 감고 있다. 너의 시선이 하늘로 솟구친다. 너는 눈을 감고 있다. 시선은 다시 숲의 한곳으로 추락한다. 너는 눈을 감고 있다. 너는 기차 창문 위에 둥둥 떠 있는, 교복 입은 너의 반영을 본다. 너는 눈을 감고 있다. 반투명한 풍경들이 너의 반영을 통과한다. 너는 눈을 감고 있다. 너는 백사장을 산책하는 너의 뒷모습을 본다. 너는 눈을 감고 있다. 너는 네가 읽은 모든 책들이 펼쳐진 공터를 본다. 너는 눈을 감고 있다. 너는 모든 책의 모든 페이지가 공터임을 본다. 너는 눈을 감고 있다. 너는 비명 사이에 섞인 파도 소리를 듣는다. 너는 눈을 감고 있다. 어떤 죽음을 보았다는 생각이 너의 머릿속을 스쳐가지만, 보고 싶지 않은 것은 보이지 않는다. 너는 눈을 감고 있다. 너의 시선이 하늘로 솟구친다. 너는 눈을 감고 있다. 너는 숲의 일부가 불타 있는 모습, 불탄 자리가 다시 수풀로 무성해지는 과정을 본다. 너는 눈을 감고 있다. 추락하는 시선. 너는 눈을 감고 있다. 너는 호숫가 벤치에 앉아 책을 읽는 백발의 너를 본다. 너는 눈을 감고 있다. 바람이 한 장씩, 두 장씩 책장을 넘긴다. 너는 눈을 감고 있다. 너는 호수 표면 위로 떨어진 몇 개의 눈송이가 녹아버리며 금세 호수의 일부가 되는 장면을 본다. 너는 눈을 감고 있다. 너는 너의 가족들이 살아났다가 죽어가는 과정을 본다. 너는 눈을 감고 있다. 너는 너의 친구들이 살아났다가 죽어가는 과정을 본다. 너는 눈을 감고 있다. 너는 너의 눈 밖으로 눈물이 흘러나오는 모습을 본다. 너는 눈을 감고 있다. 너는 너의 과거와 너의 미래가 모두 이 숲에 속해 있음을 본다. 너는 눈을 감고 있다. 너는 너의 과거와 너의 미래가 아닌 것들도 모두 이 숲에 속해 있음을 본다. 너는 눈을 감고 있다. 너는 영원히 떠지지 않는 너의 눈꺼풀을 본다. 너는 눈을 감고 있다.

　너는 눈을 뜬다. 집은 고요하다.

자막 없음

어떻게 거실 한가운데 벽이 솟아난 거지
알 수가 없다

조금 전까지 우리는 볶음밥을 먹고 있었는데
넷플릭스를 보며
음식이 조금 남았고

어리둥절한 얼굴로 벽을 둘러보는 너와
사면에 가득한 흑백 사진들

젊은 시절의 위노나 라이더 장국영 모니카 벨루치 알
파치노
얼굴을 만져본다

영화 제목을 대충 기억할 수 있다
아마도 이 사람들 대부분 주연이었겠지
본 적은 없어 아비정전도 대부도
갑자기 집이 접힌다

집은 앨범이 된다
볶음밥 속 밥알들이 납작해진다
우리는 이 페이지와 저 페이지를 건너다니며
거실에 걸어둔 우리의 결혼사진이
사진 속 사진이 된 모습을 본다

끝없는 사막 위에 어떻게 드럼세탁기가 놓여 있는지
　모니카 벨루치가 입은 티셔츠에 왜 우리 강아지가 프
린트되어 있는지

장국영이 어째서 관능적인 자세로 이케아 소파 위에
누워 있는지

  네가 한때 배우를 꿈꿨다는 걸 알고 있지만
  그 영향이라기에 이건 너무 말도 안 된다

  말도 안 돼 그치
  너는 잇몸을 드러내며 웃는다

  이 사람들 몇 살이야
  지금 죽었어 살았어

  너는 핸드폰을 꺼내 검색을 한다

장국영이 소파에서 일어난다
너의 핸드폰을 손으로 잡고
아니야, 찾아보지 마, 말하며 웃는다

러닝셔츠 차림의
그와 술을 한잔하기로 한다
위노나에게도 권했지만 그는 저번 달에 술을 끊었다
고 한다
아기처럼 잠든 알 파치노

우리에게는 담금주가 많아
나의 오랜 취미야
귤은 코리안 탠저린이야

귤주를 마신 장국영이 춤을 춘다
늦었지만 너희들의 결혼을 축하해
나와 너의 손등에 그가 입을 맞춘다

페이지가 빠르게 넘어간다
할 이야기가 너무 많다

이 집의 마지막 장에 도착할 때쯤
우리는 모두 취해 있다

귤주를 쏟아서 발 디딜 곳이 없다

기억이 안 나
우리 몇 살이었지

검색해보자

핸드폰 좀 줘봐

꺼진 텔레비전 앞에서
너와 백발의 장국영이 곤히 자고 있다

싱코페이션

"우리가 잠든 신의 얼굴을 내려다볼 수 있다면, 악몽에 대한 반향으로 신의 몸이 떨리는 모습을, 요동치는 가슴과 광대뼈 위로 흘러내리는 눈물을 볼 수 있다면, 신의 꿈속에서 한꺼번에 망가지고 있는 세계가 우리가 발 딛고 있는 바로 이곳이라는 사실을 어느 순간 깨닫고 소스라치게 놀랄 것입니다."

아 아 아

먹구름 만들긴 쉬웠네
땅이 나를 쳐다보고 있었으니까

체한 토끼 만들기도 쉬웠네
풀이 공처럼 뭉치곤 했으니까

아빠, 아빠를 만들기도
어렵지 않았어

아 아 아

아빠가 쥐여준 돌로 물수제비떴지
하나 둘 셋 넷
그런 것도 쉬웠네

먹고 자고 비를 내리는 동안

아빠가 사라지고 강물이 사라지고
딸꾹거리는 토끼도 사라지고

폐사지의 종소리
명상을 하기에 쉬웠지만

아 아 아

제일 어려웠던 건
이름 짓기

실오라기를 당기듯이
이름을 부르면 풀려나올 텐데

스웨터가 입체를 놓치듯이
꿈이 꿈으로부터 벗겨질 텐데

대신
개를 하나 만들어
내 배에 대고 짖으라 했네

아 아 아

나는 웃었네 간지러워서
세계가 너무 간지러워서

아 아 아

아 아 아

내용 없는 아름다움처럼

1)

2)

3)

4)

5)

6)

7)

어린 羊의 등성이에 반짝이는

진눈깨비처럼

1) 로션을 바르다 창밖을 보았을 때 흰 비닐봉지 하나가 날아다니고 있었다. 빌딩 사이로 솟구쳐 파란 하늘을 비행하는 모습을 바라보았다. 비닐봉지는 추락할 듯 휘청거리다 다시 날아오르기를 반복했다. 로션을 마저 바르려고 고개를 숙였다. 다시 창밖을 보았을 때 비닐봉지는 사라지고 없었다. 그 자리에 새 한 마리가 날고 있었다.

2) 꿈의 시작을 기억할 수 없다. 기억 속에서 나는 이미 꿈의 한복판에 있다. 사라진 꿈의 도입부는 어디로 간 것일까? 지우개로 지운 종이에도 지운 자국은 남아있다. 영원히 잃어버렸다고 생각한 물건도 어딘가에서 발견되곤 한다. 사라진 꿈의 도입부는 꿈으로부터 내가 떠나오는 순간 현실이 되어 눈앞에 펼쳐지는 것일지도 모른다. 나는 기억할 수 없는 꿈의 앞부분을 나의 현실로서 살고 있는 것이다. 지우개로 지운 자국을 자세히 들여다보면 지워진 글자가 보인다. 보이지 않을때도 있다.

3) 할머니가 코피를 흘리고 있다. 왜 그런 종류의 장면이 내 삶의 첫 번째 기억인지 알 수가 없다. 그러나 할머니는 분명히, 코피를 흘리고 계셨고 수건 같은 것으로 코를 막으려 했지만 붉은 피가 밑으로 뚝뚝 떨어졌다. 네 살 아니면 다섯 살이었을 것이다. 기억이 시작되었다. 피의 이미지에 두들겨 맞은 것처럼.

4) 언제부터 여기에 와 있었는지 모르겠다. 여기가 어디인지도.

5) 가청음역대 소리의 주파수를 서서히 높이면 인간의 귀로 들을 수 없는 고주파수가 되었다가 마침내 빛이 된다. 빛은 어떤 의미에서 한때 우리가 들었던 소리이다. 아름다운 풍경을 구성하는 데이터를 소리로 변환하면 끔찍한 잡음처럼 들린다. 아름다운 음악을 구성하는 데이터를 이미지로 변환하면 형편없는 낙서처럼 보인다. 아름다움과 끔찍함 사이에 어떤 비약이 있었던 것일까? 우주가 무無를 비약하여 도착한 장소가 여기인가?

6) 눈밭 위에 셀 수 없이 많은 책상이 놓여 있다. 그중 하나의 앞에 내가 앉아있다. 나에게 책 한 권, 종이 한 장, 볼펜 한 자루가 있다. 옮겨 적으라는 뜻인가 보다. 책을 펼친다. 읽는다. 받아쓴다. 그러나 볼펜에는 잉크가 없다. 종이에는 아무것도 적히지 않는다. 그러나 읽는다. 받아쓴다. 종이에는 아무것도 적히지 않는다. 펜촉의 흔적이 음각으로 남는다. 남지 않을 때도 있다.

7) 羊이라는 한자에는 '상서롭다' 그리고 배회하다'라는 뜻이 있다.

산책법

어떤 실험을 해보고 싶어. 갓 태어난 아이를 방에 가두고 바흐의 음악을 들려주는 거야. 아이가 다 자랄 때까지 창 없는 방에서 바흐의 음악만 듣게 하는 거야. 말도 들려주지 않고, 다른 소리도, 음악도 들려주지 않는 거야. 바흐의 모든 곡을, 모든 곡의 변주된 모든 방식을 듣게 하고, 글렌 굴드 앨범부터 유튜브에 올라와 있는 안경 쓴 백인 청년의 엉망진창 연주까지(심지어 그의 야마하 전자피아노는 고장 나서 높은 파샵은 눌리지도 않아) 거르지 않고 듣게 하는 거야. 유튜브에 'Bach'라고 검색하면 3분에 한 개씩 영상이 올라와. 각 영상의 평균 길이는 대충 6분 12초 정도야. 하나의 영상을 다 재생하고나서 다음 영상을 재생하려고 보면 두 개의 바흐 연주 영상이 올라와 있는 셈이지. 그러니까 바흐를 연주하는 소리는 아이의 생애 동안은 물론이거니와 이 세계가 끝날 때까지 영원히 고갈되지 않을 거야. 잠깐, '이 세계가 끝날 때까지 영원히'라고 했냐? 그럼 이 세계가 끝나면 영원도 끝난다는 거야? 아니, 그냥 이 세계의 영원이 끝난다는 거야. 한 세계가 끝나고 나면 다른 세계의 영원이 다시 시작돼. 그러면 그 세계에도 어떤 종류의 바흐가 태어나고, 바흐랑 똑같은 곡들을 작곡하는 사람의 이름이 '김금송이'일 수도 있는 거지. 바흐가 죽고, '유지혜'라는 이름을 가진 모차르트도 태어나고, 이딴 실험을 상상하는 우리 같은 인간들도 태어나고, 동영상이랑 유튜브도 발명되고, '김금송이'라고 검색하면 나오는 모든 영상의 음원을 듣게 되는 아이가 진짜 생겨날 수도 있는 거야. 그 아이는 김금송이의 음악을 세계의 소리라고 인식해. 그 아이는 영원이라는 단어를 김금송이 음악의 한 구간으로 발음해. 그 아이에게 음악이란, 하루

두 번 제공되는 밥을 먹을 때 자신의 입안에서 들려오는 씹는 소리야. 그 아이에게 음악이란, 곡이 진행될 때 비어 있는 파샵의 공간이야. 하지만 그런 실험은 윤리적으로 문제가 있어. 나도 알아. 그리고 그 세계의 구석에서도 엉망진창으로 칸타타를 연주하는 안경 쓴 청년이 야마하 전자피아노의 파샵 건반을 고치려고 애를 쓰고 있는데, 그게 바로 나야. 때려치우고 일단 나왔어. 바흐의 풀네임은 요한 세바스티안 바흐다. 맞나? 요한 스트라인스 바흐인가? 아니, 바흐를 바흐라고 발음하는 거 맞아? Bach, Bach. 야, 여름에도 강가는 시원하네. 이제 어디로 갈래. 오락실? 밤바다? 너희 집?

무형 선물 교환 파티

비키는 자신의 집이 좁다고 느낀다
비키에게는 역사가 있고
역사가 비키의 집을 채우고 있기 때문이다
비키의 역사 속에는
비키의 친구들이 살고 있다
친구들의 얼굴이
친구들의 움직임이
친구들의 웃음소리가
모두 비키 집에 깃든 유령이라서
이사도 같이 다닌다

비키는 연남동에 산다
연남동에서 비키는 여러 번 이사를 했다
빠레트* 옆에서

빠레트 앞으로

빠레트 서쪽에서

빠레트 동쪽으로

연남동의 북극에서

연남동의 남극으로

이번이 몇 번째 이사인지 아는 친구는 없다

그러나 비키가 무엇을 좋아하는지

아는 친구는 많다

그래서 비키의 집에는

너무 많은 물건들이 있는데, 이를테면

하루키 전집

* 연남동에 위치한 바. 비키는 그곳에서 4년간 바텐더로 일했다.

러쉬 입욕제

톰 웨이츠 엘피판

콩프로그램 테이프

환락의 집에서 찍은 단체사진

김선오 첫 시집

김선오 두 번째 시집

잠들기엔 조금 딱딱한 소파

일 층에서 주워 온 플라스틱 욕조

모카포트

프랑스에서 온 액자

완두콩 인형?

(아, 이건 비키가 8년 전 핼러윈에 홍대 길거리에서 내게 사주었
던 것이다)

비키는 말한다
이번 집들이에서는
무형의 선물만을 받겠습니다
저는 너무 많은 물건들에 지쳤어요

뭐라고?
무형의 선물?

친구들은 고민을 시작한다
비키가 좋아하는 무형의 것을
주어야 할 텐데,
뭐가 있을까……

이를테면

비키의 과거와 미래를 위한 기도

다 같이 나누어 먹을 수 있는 커다란 빵

농담

근황

실손 보험

멋진 옷차림

브레이크 댄스

온라인 항공권

다음 달 월세

방 청소

부드러운 목소리

피아노 연주

행운의 주문

나는 그 모든 것 대신
시를 한 편 써 가기로 했고
그 시가 바로 이 시다

시는 종이를 채우고 있는데,
이것을 무형이라고 불러도 되나?
조금 고민했지만
그냥 가져가기로 결심한다
종이 한 장쯤은
무형이라고 칠 수도 있겠지
종이가 너무 크거나 무겁다면
시를 컴퓨터에 옮겨 적을 수도 있겠지
용량이 없다면
그냥 외워버릴 수도 있겠지

그러면 종이가 없어도
비키는 이 시를 어디에서든
낭독할 수 있을 것이다
그러면 종이는 필요 없어지겠지
이 종이는 그러므로
무형으로 가기 위한 잠깐의 유형,
임시적인 유형인 것이다

비키는 이제 빠레트가 아니라
미드나잇플레저에서 일한다
비키의 본명은 조대현이다
우리는 비키를
대현아!
이렇게 부르기도 하고

비키야!

이렇게 부르기도 한다

어느 쪽이든 비키는 돌아본다

우리가 기억하는

형체가 있는

바로 그 얼굴로

내가 이렇게 쓰고 있으면

너는 사과를 깎아놓고 간다
내가 이렇게 쓰고 있으면
너는 내 책상을
창문 쪽으로 약간 틀어주고 가고
내가 이렇게 쓰고 있으면
너는 하늘을 조금 떼어
필통 안에 넣어놓는다
내가 이렇게 쓰고 있으면
너는 아무 말도 하지 않고
가끔은 가지도 않는다
내가 이렇게 쓰고 있으면
너는 허밍을
하면서 정원의 새들을
온종일 서성거리는 발들을

구경하고

그러나 새들은 떠나고

내가 이렇게 쓰고 있으면

너는 텔레비전 소리를 줄여

태풍이 온다는 일기예보를

그곳에 조용히 가둔다

내가 이렇게 쓰고 있으면

너는 회색 소파에 누워

내가 이렇게 쓰고 있으면

너의 잠 속으로

깊숙이

촛농 떨어지는 소리

내가 이렇게 쓰고 있으면

너는 화상을 입겠지

내가 이렇게 쓰고 있으면
멀리서 태풍이 온다고
오고 있다고
내가 이렇게 쓰고 있으면
내가 이렇게

거의 아무것도 없는 시

책상 앞에 앉아 있다. 나에게 책 한 권, 종이 한 장, 볼펜 한 자루가 있다. 나는 책을 펼친다. 읽는다. 그것을 받아쓴다. 그러나 볼펜에 잉크가 없다. 종이에는 아무것도 적히지 않는다. 그러나 읽는다. 받아쓴다. 종이에는 여전히 아무것도 적히지 않는다. 펜촉이 지나간 흔적이 음각으로 남는다. 남지 않을 때도 있다.

『싱코페이션』에 수록된 시들은 책의 진행 방향과 유관한 그림을 그리며 연속된다. 쓰기의 과정은 다음과 같았다: 시를 한 편 쓰고. 일단 시라고 여길 만한 것을 쓴 다음에. 그 시의 마지막을 다음 시의 처음으로 삼는다. 다음 시의 마지막은 그다음 시의 처음이 된다.

간단한 제약은 여러 질문을 데려왔다. 마지막은 어디

부터 어디까지인가. 이건 쉬운 질문에 속했다. 마지막은 무엇인가. 단어일 수도 문장일 수도 단어나 문장이 되기 이전의 움직임이거나 단어가 끌고 오는 두터운 이미지의 한 겹일 수도 있고, 리듬이거나 리듬의 부분일 수도 혹은 태도이거나 의지이거나 표정일 수도 있었다. 이전 시의 마지막이 다음 시의 처음으로 기능한다면 그 연결은 노출되거나 설명되어야 하는가. 이전 시는 다음 시에 의해 과장되거나 조망되거나 엉뚱한 공간으로 끌려가버릴 수도 있었다. 다음 시는 이전 시와 같은 춤을 이어나갈 수도 있었지만 이전 시의 몸을 그대로 묶어버릴 수도 있었다. 그리고……

　제약은 점점 더 많은 쓰기의 가능성을 재생시켰다. 고백건대 너무 많은 가능성이 정말이지 성가셨다. 세계에는 가능성이란 게 지나치게 많아서 우리가 우리로써, 우리의 움직임으로써 세계를 잠시 고정시키고 있구나. 시도 세계처럼 너무 크고 넓어서 읽힐 때에나 매듭지어지는 허공이구나. 그런 생각을 했던 것 같지만, 아닐 수도 있다.

이전 시가 다음 시의 재료가 될 수 있다면, 시에는 무엇이 있다고 말할 수 있는가?

(질문을 잔뜩 던져놓고는 다소 무책임하지만) 나는 언제부터인가 질문이 싫다. 세계가 대답으로만 이루어졌으면 좋겠다. 질문이 품고 있는 의도라는 게 싫고 뭔가를 요구하는 게 싫고 질문의 손가락질이 싫다. 게다가 질문은 잘 잊히지도 않는다.

시를 쓰면서는 질문을 잊어야 했다. 잊기 위해 허밍을 상상했다. 허밍의 리듬, 허밍의 주름, 허밍의 부서짐. 듣는 사람 없이 이어지는 빈집에서의 허밍. 청소나 걸음 같은 동시적인 움직임에 실려 가는 소리. 목적 없는 소리. 장악하거나 환원되지 않는 소리. 바깥의 세계가 우당탕탕 굴러가는 동안 어두운 입 속에서 흘러나오는. 아끼는 이의 깊은 잠을 위해 부르는 자장가 정도의 의지가 함유된. 구도도 형식도 의미도 희박한. 부정확한 음정으로 지속되는. 거의 아무것도 아닌. 가사도 악보도 없는. 그러나 볕 좋은 어느 날에 잠시 음악인.

그런 허밍이 가상의 선을 따라가며 이어질 수 있다면. 나는 그 선을 잘 쳐다보아야 했다.

미리 쓰인 시들을 흐름 속에 놓기 위해 처음과 마지막을 수정하기도 했다. 시의 앞뒤에 이상한 모양으로 구멍이 뚫리는 것 같았다.

시에 대해 안다고 생각하는 것들을 0으로 돌려놓기 위해 애를 쓸 때마다, 고착의 반대 방향으로 힘을 쓰려할 때마다 그 힘을 흩어버리는 다른 힘이 있었다. 힘이 생각이나 몸보다 먼저 있었다. 일종의 끝말잇기와 같은 형식이 시집 전체에 압력을 행사할 때, 그 압력이 밀폐나 응축이 아니라 공간의 한구석을 터뜨려 구멍을 내고 그곳으로 길이 생겨나는 방식이기를 바랐던 것 같다. 그 위로 어떤 글자들이 흐를 수 있기를. 우연과 즉흥이 자꾸만 응집되려는 말들의 관계를 느슨하게 벌리기를 원했던 것 같은데, 나는 또 별 수 없이 잘 모르겠다는 느낌 속에 놓인다.

그럴수록 허밍을 떠올렸다. 희미하고 어리석게 이어

지는. 거의 없는 그러나 분명히 있는.

*

이 책에서 허밍이라는 단어는 어떤 입구가 될지도 모른다. 공간 전체는 어째서 입구가 될 수 없는지, 그런 의문이 뒤따를지도 모른다. 허밍, 허밍 자꾸 중얼거리다보니 입술 근처에 작은 별들이 맴도는 기분이 든다.

어떤 장면은 과거에 들었던 음악이 허밍의 선율을 구성하듯이 엷은 물결을 만들며 시 안으로 흘러들어왔다. 「눈꺼풀 안쪽의 붉음」은 어째서 내 삶의 첫 번째 기억이 코피 흘리는 할머니의 얼굴인지, 그것이 정말 있었던 일인지 내내 궁금해하다가 시에게 물어보려고 썼다.

「내용 없는 아름다움처럼」을 쓰면서는 여러 사람의 도움을 받았다. 낙서 수업에서 김종삼 시인의 시를 번역해보자고 제안해준 친구 문보영. (「산책법」은 같은 수업에서 그의 시를 모사한 것이다) 시의 형식은 오션 브엉의 시집 『총상 입은 밤하늘』에 수록된 「지상의 제7원」에서 힌트를 얻었다. 5번 각주는 2024년 2월 스페이스애프터에서 진행된 류한길 작가의 강연 〈시간: 기록과 속도 - 리듬 머신 :: 체험된 기록 :: 되먹임(feedback)〉에서 들었던 내용을 일부 인용하고 자의적으로 문장화한 것이다. 정확히 표현되었는지는 알 수 없다. 그리고 김종삼 선생님, 감사합니다.

「부드러운 마중」을 쓰고 난 다음날에는 선주 언니가 꿈에 나왔다. 우리는 함께 어깨동무를 하고 길을 걷고 있었다. 언니는 우리에게 익숙한 농담을 하며 장난을 쳤다. 그 농담이 「부드러운 마중」 속 한 문장이었다는 사실을 깨어난 뒤에 알았다. 그게 언니의 농담이었을 것이다. 언니는 이 시를 자신의 목소리로 읽어주려고 내 꿈에 찾아왔던 것이다.

「무형 선물 교환 파티」는 오랜 친구 김비키의 2024년 생일과 이사를 축하하기 위해 썼다. 비키와 환락의 집 흑백 사진 속 친구들에게,

뉴욕에서 「눈꺼풀 안쪽의 붉음」, 「미학적 선택으로서

의 경계」를 곁에 앉아 소리 내어 읽어준 소중한 친구이
자 번역가 유나, 그리고 뉴라인스에게, 백발의 장국영
에게, ABC 게임을 함께했던 지워진 어린 시절의 이름
들에게, 이 책의 모든 시를 가장 먼저 읽어준 도이에게,
어두운 계단에서 처음 선오라고 불러주신 소연 선생님,
코피를 흘리면서 나를 안아주던 할머니, 처음 시에 써
본 가족들, 멀리 또 가까이에서 손 흔들어주는 친구들,
구름 같은 얼굴들, 그리고
   리윤에게.

   거의 아무것도 없는 시의 내부에 여전히 남아 있는 이
들에게
   사랑과 고마움을 전한다.

자장가 메들리와 한 곡의 우주

작년과 올해 비행기를 자주 탔다. 의자에 앉아 있었지만 내가 놓여 있는 장면에서 비행기를 지울 수 있다면 나는 무릎을 굽힌 채 허공에 떠 있는 구부정한 형상처럼 보일 것이다. 창밖에는 구름이 나처럼 떠 있었다. 구름은 흩어졌고 구름보다 느리게 나 역시 흩어지고 있었다. 속도에 실려 가고 있었다. 그 와중에 잠을 잤다. 하늘에서 잠들 수 있다니 이상한 일이다. 자는 동안 빛의 일부는 피부 위로 번졌고 나머지는 눈꺼풀을 투과하여 꿈속 사물들의 윤곽을 빚었다. 구름이 흰자위에 스며들고 있었다. 현실을 너무 짙게 경험하면 그것은 환상이된다. 언어는 현실이라는 환상의 더 깊은 곳으로 나를 견인한다. 물리학적으로 시간은 흐르지 않지만 우리에게는 '시간이 흐른다'는 말이 있다.

*

　방콕 인근의 왓 마하탓 사원에는 머리 없는 불상들이
늘어서 있다. 오래전 시암 왕국을 침략한 버마군이 불
상들의 머리를 모두 베어냈기 때문이다. 직사각형 모양
의 거대한 사원 가장자리가 머리 없는 불상들로 둘러싸
여 있었다. 한 걸음 뒤에 머리 없는 불상. 두 걸음 뒤에
머리 없는 불상. 아는 얼굴들을 하나하나 떠올리며 불
상의 없는 머리 부분에 채워 넣어보았다. 불교에서는
부처를 만나면 부처를 죽이라고 했다지만. 머리 없는
불상들 앞에서 고개가 절로 숙여졌다. 불상의 펼친 손
위에 내 손을 올려보았다. 검은 돌로 만들어진 손바닥
은 태국의 햇볕으로 달궈져 체온처럼 따뜻했다.

　사원의 문 하나를 나서면 보리수나무가 있었다. 불상
의 머리 하나가 보리수나무 뿌리에 휘감겨 있었다. 지
나온 불상들의 모든 머리를 회복하는 하나의 머리였다.

*

    어제는 자려고 누웠는데 손발이 부서지는 것 같았다. 과거는 어딘가에 구체적인 형상으로 놓여 있다. 미래도 어딘가에 놓여 있겠지만 몸이 그곳을 통과하지 않았을 뿐이다. 일시적으로 무의식이 개방되면 죽음을 통과하는 순간이 감지되기에 두려웠고 내가 두려워하는 것이 존재에서 부재로 이행하는 일 자체라면 우주 어디에서든 이 삶을 품은 채 작은 입자들로 흩어져 존재하리라는 생각을 하다가 유튜브를 켜고 아피찻퐁 감독의 인터뷰 영상을 보았다. 시간의 포악함으로부터 미끄러지는 그의 영화들이, 소진되지 않은 꿈이 현실의 단면으로 변조되는, 신 대신 여기저기 산재하는 귀신 쪽을 신뢰하는, 이야기를 하나의 실재로 정박시키는 그의 순수한 긍정이 나를 위로하기 때문이었다.

    명상을 당분간 관두기로 했다.

　태국 북부에 위치했던 고대 란나 왕국에는 여자, 남자, 그리고 제3의 성별을 의미하는 세 개의 성별이 있었습니다. 여자들은 집에서 아이를 키웠고 남자들은 밖에서 식량을 구해 왔습니다. 그리고 제3의 성별은 선생님이 되어 아이들을 가르쳤습니다.

　분홍색 폴로셔츠를 입은 사람은 우리에게 이 말을 해주고 어딘가로 사라졌다.

*

　약 86억 4천만 년을 이르는 브라흐마의 낮과 밤은 지구나 태양의 나이보다 길고 빅뱅 이후 시간의 거의 절반에 해당한다. 힌두교는 우주가 무한한 횟수의 죽음과 재생의 순환을 겪는다는 관념에 몰두하는 종교다. 우주는 한 신의 꿈에 불과하며 백 브라흐마의 시간이 지나면 그 신이 꿈도 없는 잠에 빠져 자신을 해체하고 우주 역시 사라진다. 그 후 또 다른 브라흐마 세기가 지나면

신은 몸을 일으켜 자신을 재구성하고 우주 연꽃 꿈을
다시 꾸기 시작한다.

힌두교에서 창조의 신과 파괴의 신은 같은 인물이다.
인간이 신들의 꿈일 뿐 아니라 신들 역시 인간의 꿈이
다. 창조와 파괴의 반복이 리듬을 만들 때 우주는 한 곡
의 노래처럼 들릴 것이다.

*

우리 집 아기 고양이는 자다가 자주 깬다. 자장가를
불러주면 다시 잠에 든다. 알고 있는 모든 자장가를 메
들리로 부르고 나면 물풍선 같은 흰 배가 떨리고 있다.
잠든 고양이의 얼굴에서 잠든 아기들의 무수한 얼굴을
본다. 무수한 얼굴을 재우기 위해 불러진 무수한 자장
가를 듣는다. 방에서. 공원에서. 기차에서. 전쟁터에서.
어린 나의 하늘색 이불 위에서. 자장가를 부르는 목소
리는 모두 비슷하다. 자장가의 모든 파장을 기록한 가
상의 공책이 있다면 그곳에는 유사한 곡률의 선들이 단
지 몇 개쯤 중첩되어 있을 것이다. 그것은 잠의 패턴이

다. 잠을 돕기 위해 잠과 같은 모양으로 변모한 떨림이
다. 잠은 자장가로 이해된다.

*

텍스트바이텍스처의 소개글은 다음과 같다.

시를 쓰는 행위는 백지 위에 미묘한 방식으로 언어를
배열함으로써 하나의 독점적이고 배타적인 기록물을
생산하는 것입니다. 이러한 기록물은 창작과 소비 과정
에서 개별적인 해석과 이미지를 발생시킵니다. 글은 종
이 위에 각인됨으로써 고정되고 굳어집니다. 이는 역으
로 구전되며 변화하고 확장되는 언어의 특성을 희박하
게 만듭니다. 우리는 우리가 시를 씀으로써 잃어버리고
그리워하게 되는 언어의 이러한 측면이 어쩌면 인간의
몸과 삶을 본격적으로 필요로 하는, 보다 물질적인 측
면과 유관하다고 느꼈습니다. 언어의 이러한 속성이 적
힌 글자들이 아니라 기호화되지 않는 중첩된 이미지로
드러날 때, 언어는 고정된 기록이 아니라 가변적이고
유동적인 물질이 되어 세계와의 새로운 관계를 개시할

수 있습니다.

　이미지를 바라볼 때 언어는 개별적인 해석의 차원으로 분화되어 보는 이의 내부에 발생합니다. 반대로 텍스트를 읽을 때 이미지는 개별적인 생성의 차원으로 분화되어 읽는 이의 내부에 발생합니다. 우리는 이처럼 대립적인 동시에 서로 긴밀하게 얽혀 있는 이미지-언어의 관계를 탐구하고 가상의 단절을 만들어낸 뒤 각각의 대립항을 전복시켜 나가는 과정에서 출현하는 새로운 파열과 연쇄 작용을 기대합니다. 언어와 이미지의 이러한 이중 운동은 세계의 윤곽을 고정되지 않은 것으로, 부드럽고 역동적인 대상으로 검토하게 하기에, 우리는 이러한 방법론을 통해 가능한 사회적이고 정치적인 측면을 탐구합니다.

마침내 들리기 시작하는 웃음

송승언(시인)

> 세속의 세계는 무음이라는 것은 없었다고 하더라도 어쨌든 조용했다. 그리고 경멸적 의미를 담지 않고 모든 큰 소리를 〈소음〉이라 부른다면, 소음과 신성한 것이 연결되는 것은 쉽게 이해할 수 있다.
> ──머레이 셰이퍼, 『사운드스케이프: 세계의 조율』(그물코, 2008)

머레이 셰이퍼는 소리가 인간의 행동 양식에 어떠한 영향을 미치는지, 그리고 소리를 통해 어떠한 풍경들이 펼쳐지는지에 관해 심도 있게 탐구한 바 있다. 이러한 인간과 관계 맺는 소리들을 두고서 그가 '또 하나의 다른 세계'라고 표현했을 때, 그리고 그 세계를 창조하는 것이 인간이라 말했을 때 나는 생각했다. 이 우주를 악단으로 삼으려는 미친 지휘자 한 명이 여기에 있다고.

김선오의 세 번째 시집 『싱코페이션』을 마주하면서

내 기억 속에 잠들어 있던 그가 다시 깨어난 것이 비논리와 무의식의 흐름만은 아닐 것이다. 이 시집을 통과하는 터널을 따라가다 보면 무수한 소리들이 들리는데, 여러 소리 가운데서도 계속해서 중첩되고 울려 퍼지는 소리가 있다. 웃음소리다.

어째서 이 시집에는 웃음소리가 들리는 것일까? 김선오가 앞서 펴낸 두 시집이 웃음기 하나 없는 책이라는 말은 아니다. 다만 그 둘 속에 나타난 웃음들은 음소거된 표정에 조금 더 가까웠다. 가령 은색 껌종이가 비추는 너의 너무 환한 미소 같은 것들(「껌종이」). 그러니까 그 웃음들은 좀 더 연출된 장면들에 가까웠다고 봐도 될 듯하다. 『싱코페이션』은 김선오가 앞선 시집에서 보여준 것과 유사한 점들이 있는 와중에도 꽤 다르다. 조금 더 꾸밈없는, 날것의 비디오 에세이 속에서 들릴 법한 생활 소음들이 담겨 있는 듯한데, 내가 어째서 그렇게 느끼고 있는지 글을 이어가면서 더 생각해보려 한다.

내가 김선오의 시를 읽을 때 가장 먼저 주의를 기울이게 되는 것은 그의 시에 참여하는 대상들이다. 이러한 기울임은 그간 김선오의 시가 대상과 관계 맺어온 맥락

이 있기 때문이다. 그의 시는 여느 시들처럼 나를 화자로 삼아 대상을 응시하는 방식을 취하면서도 종종 그것을 불편해하는(또는 나로서 말하기를 지루해하는) 기색을 내비치는데, 그럴 때마다 그는 나로서 말하기를 포기하고 주체와 대상의 자리바꿈을 시도하려는 경향이 있다. 이후 시들보다 상대적으로 '나'가 공고한 화자로 자리했던 첫 시집 『나이트 사커』에서 그러한 태도가 뚜렷하게 반영된 시를 한 편 꼽는다면 「비와 고기」일 것이다. 이 시는 나와 너의 자리에 식용 처리된 비인간동물인 고기를 위치시킨다. 시 속에서, 비 오는 날 젖은 고기들은 자신의 핏물을 하수구로 흘려 보내며 우산을 들고 걷는다. 비인간 대상들을 동력원으로 삼고 착취 중인 이 세계의 폭력이 대상의 변신과 자리바꿈을 통해 불편하게 드러난다.

두 번째 시집 『세트장』에서는 그러한 치환을 넘어 '나'라는 주어에 관한 의구심이 더 깊어지고 화자는 좀 더 유동적인 성향을 띈다. '나'가 상황을 지배하는 대신에 주어들의 자리로 여러 사물들이, 이전까지는 대상에 불과했던 것들이 침범하기 시작한다. 「목조 호텔」이 일례다. 시 속의 내가 방에 앉자 곧장 방이 자신을 어지르기 시작한다. 바다는 바다 밖으로 헤엄치고 셔츠가 셔츠에 걸려 넘어지기도 한다. 이 시에서 로비는 방 옆으로 나 있는 것이 아니라 방 옆에 앉아 있는 것이다. 대상이 되어야 할 사물과 상황 들이 화자의 위치를 찬탈하려 들기 때문에 나는 멀미 같은 어지러움을 느낀다.

약간의 차이가 있음에도 불구하고 두 시집이 대상을 다루는 태도는 어느 정도 일정하다. 화자와 대상은 서로 거리를 두고 긴장을 거듭한다. 『싱코페이션』에서 감지되는 이질감에 관해 이야기하기 좋은 지점이다. 본작에서는 나와 대상들이 대립하며 긴장하려 들기보다는 서로를 따라가고 뒤섞이는 모습을 자주 보여주기 때문이다.

천과 벽과 바깥은 흰 것이라는 공통된 가능성 아래에서 모호해지고(「구름은 벽처럼」), 우리의 웃음소리는 나무의 흔들림과 구별되지 않고(「약하고 어수선한 삶」), 나와 눈발은 서로를 맞으며(「가기 전에 오는」), 기울어지는 저 그림자는 구름의 것인지 대문의 것인지 불분명하고, "나는 언니였다가 나였다가. 언니일지도 모르는 친구가 된다."(「부드러운 마중」) 목적에 따라 구별되어 불리던 대상들이 이곳에서는 잘 구별되지 않는다. 이 시들이 펼쳐지는 곳의 다수가 꿈과 현실의 경계이기 때문이기도 할 것이다. 알다시피 꿈은 나의 통제가 제대로 작동하지 않는 장소다. 시 「어둠 속에서는 잘 구별되지 않는 것들」의 화자는 그러한 통제 불능의 상태에서 빛처럼 물방울처럼 무수히 쏟아지는 대상들을 그저 받아들이며 그들과 장난치고 논다. 손바닥을 맞대고, 맞댄 손을 비틀고, 양손을 펼쳐 보이는 그 장난은 나와 대상들 간의 위계와 구별을 무화시키는 이상하고도 신비로운 의식처럼 보인다.

이렇듯 거리감을 통해 발생되던 긴장감이 옅어지니 형식 또한 차려입고 있던 것을 조금 내려놓고 즐기는 분위기다. 좀 더 가볍고 자유로운 분위기 속에서 시는 불특정 대상에게 건네는 짧은 말로 나타나기도 하고(「아니에요」), 김종삼의 「북치는 소년」을 인용해 빈 여백 위로 흩날리는 눈발처럼 각주 표기를 한 뒤, 주를 내용으로 가득 채우기도 한다(「내용 없는 아름다움처럼」).

화자가 대상을 응시하던 간격을 좁히니 서로의 내부를 유동적으로 드나들며 어우러지는 움직임이 관찰된다. 대체로 차갑고 건조하던 세계를 지나니 꽤 가볍고 따뜻한 세계가 변화한 계절처럼 찾아온다. 그간의 김선오의 시가 보여주던 장면들과는 사뭇 다르다. "시와 삶이 사실은 서로 다르게 있지 않다는 인식을 갖게 되는 일"*과 연관이 있을 수도 있겠다. 김선오가 앞으로도 이런 방향을 유지하겠다는 뜻은 아닐지도 모른다. 시집 제목에서 엿보이듯 이것이 예외적 상황임을 본인이 인지하고 있기 때문이다. 싱코페이션은 기본적인 규칙에서 벗어나 예외적으로 리듬에 변화를 주는 일. 이를 통해 의외성과 활기를 불어넣는 일. 그러므로 시집 바깥에서 본다면 이 시집 자체가 이전과 이후에 놓일 김선오의 시집들 가운데서 '싱코페이션'이 될 수도 있겠다.

하지만 단순히 이 세계가 따듯하게 느껴지기 때문에 자연스럽게 웃음소리가 들리는 것처럼 느껴진다고 말할 수는 없다. 이제 웃음소리가 어디에서 들려오는 것인지 알 필요가 있다. 이를 위해서는 조금 아이러니하게도 이 시집 안에 나타나는 죽음 이미지를 살펴야 한다. 이 시집 안에도 죽음 이미지는 여럿 등장한다. 그러나 대상들과 관계 맺는 방식이 이전과 달랐듯이 죽음 이미지를 다루는 또한 이전과는 다르다. 「눈꺼풀 안쪽의 붉음」은 화자의 유년 시절 기억을 담고 있다. 어린 화자는 할머니를 기다리며 집에서 따뜻한 네모난 빛이

랑 노는 중이다. 곧 기다리던 할머니가 들어온다. 코피를 줄줄 흘리며. 그 피는 화자가 인생에서 처음 본 피다. 어찌 보면 조금 두렵고 참혹한 순간일 수도 있을 텐데, 어째서인지 할머니는 피를 닦으며 웃는다. 네모난 빛 한가운데를 물들인 (보혈을 상기시키는) 피 이미지는 회상에 불안한 성스러움을 더한다. 그러니 이 웃음 뒤에는 죽음이 어려 있는 셈인데, 이는 자칫 오해되기 쉬운 부분이기도 하다. 시집 속에 나타나는 여러 웃음 뒤에 죽음이 어려 있기에 웃음이 비의를 띄거나 무거워지는 것이 결코 아니다. 오히려 죽음 때문에 웃음이 가볍고 환해지는 것이다. 언제나 곁에 있는 죽음을 역광처럼 비추고 있는 삶의 눈부심, 그것들이 인간의 생활 속에서 늘 하나임을 김선오는 온몸으로 받아들이고 있는 듯이 보인다. 타자의 죽음이 상처가 되고, 또 그 상처가 모르는 사이 낫는 것처럼(「어떤 뉘앙스」).

그것은 인정이다. 우리가 영원으로 향하는 터널 속을 함께 걸어가고 있다는 것. 인정하면 웃을 수 있다. "하하하하"(「같은 뼈 다른 바다」) 하는 그 웃음소리는 나와 대상들이, 선대와 후대의 죽음이, 나의 죽음과 바나나와 축구공을 비롯한 만물이 흘러흘러 다시 만난다는 환희에서 터져 나오는 시끄러움이다. 삶이라는 길고도 짧은 명상 속에서 나는 일종의 장소다. 대상들이, 꿈과 현실이, 빛과 어둠이, 모든 것들이 교차하는 경계로서의 장소. 나는 느낌의 통로가 되어 그것들이 나를 드나듦을 느낀다. 고막과 시신경 그리고 다른 여러 감각 기관으로. 호흡을 통해 세계가 내 안으로 흘러드는 것을 느낄 때(「나는 자꾸 내가 되려 해서 번거로웠다」), 영혼의 시선은 시공간적 제약을 벗어나 과거 현재 미래를 오가고 삶과 죽음을 통과한다(「아주 조금의 숲」).

큰 웃음. 나와 당신이, 삶과 죽음이 어울리는 소리. 이 웃음소리가, 솟아오르는 성스러운 소음들이, 어찌 기쁘지 않을 수 있을까.

소음 뒤에는 침묵이다. 「사일런스」는 공터로부터 시작되어 아마도 화자의 생활 동선과 관련되어 있을 수많은 시선을 따라간다. 그 시선들은 마치 고요한 공터를 채우는 소음처럼 보이는데, 음파가 빛으로 바뀐다는 점을 상기해볼 때 3연에 결국 터져 나갈 듯한 황혼의 빛이

* 박참새, 『시인들』(세미콜론, 2024). 김선오 대담 중

113

등장하는 것으로 보아 이는 자연스러운 연상이다. 공터는 공간으로서의 침묵이기에 무수한 소음을 발생시키고 있는 셈이다. 우리 삶에 아무런 공적 의미가 없기에 그곳이 무수한 개인적 의미들로 채워질 수 있는 것처럼. 셰이퍼의 말을 떠올려보자면 이는 우리의 사소하고 세속적인 생활에 덧대어지는 성스러운 면모다. 김선오가 내게 들려준 웃음을 통해 당신들과 이런 대화를 짧게나마 나눌 수 있어 기뻤다. 당신들은 이 시집 속에서 내가 만난 것과는 다른 이야기를 만나기를, 그것을 들려주기를 바란다. 김선오의 시가 더 풍성해질 테니까.

김선오에 대하여

논바이너리는 그 어떤 범주로 속박되지 않는다. 주체의 인식 안으로 끌려가는 인력에 대한 항력이 이들 삶의 동력이다. 의미의 규정이 발휘하는 구심력과 원심력 사이에서 끊임없이 길항하며 논바이너리를 마주하는 다른 이들의 인식론적 우주 역시 계속적인 교란 상태에 놓인다. 발화자가 인간인지 비인간인지 알 수 없다면 그 말들을 받아드는 청자의 정체 역시 알 수 없을 따름이다. (...) 『세트장』 한구석에는 일군의 논바이너리 유령들이 무리 지어 산다. 시적 준객체라는 새로운 지위의 획득 과정은 유령들이 사는 세상의 밑그림이다. 이들의 목소리가 궁극적으로 모아내는 것은 자연 내부의 범주와 그 한정에 관한 근원적인 물음이다.

전승민, 「나를 제외한 너의 전체」(『세트장』(문학과지성사, 2022) 해설 중에서)

K-포엣

싱코페이션

2024년 8월 31일 초판 1쇄 발행
2024년 9월 30일 초판 2쇄 발행

지은이 김선오
펴낸이 김재범
펴낸곳 (주)아시아
출판등록 2006년 1월 27일 제406-2006-000004호
전자우편 bookasia@hanmail.net

ISBN 979-11-5662-317-5 (set) | 979-11-5662-713-5 (04810)

바이링궐 에디션 한국 대표 소설 목록

K-픽션 시리즈 | Korean Fiction Series

〈K-픽션〉 시리즈는 한국문학의 젊은 상상력입니다. 최근 발표된 가장 우수하고 흥미로운 작품을 엄선하여 출간하는 〈K-픽션〉은 한국문학의 생생한 현장을 국내외 독자들과 실시간으로 공유하고자 기획되었습니다. 〈바이링궐 에디션 한국 대표 소설〉 시리즈를 통해 검증된 탁월한 번역진이 참여하여 원작의 재미와 품격을 최대로 살린 〈K-픽션〉 시리즈는 매 계절마다 새로운 작품을 선보입니다.